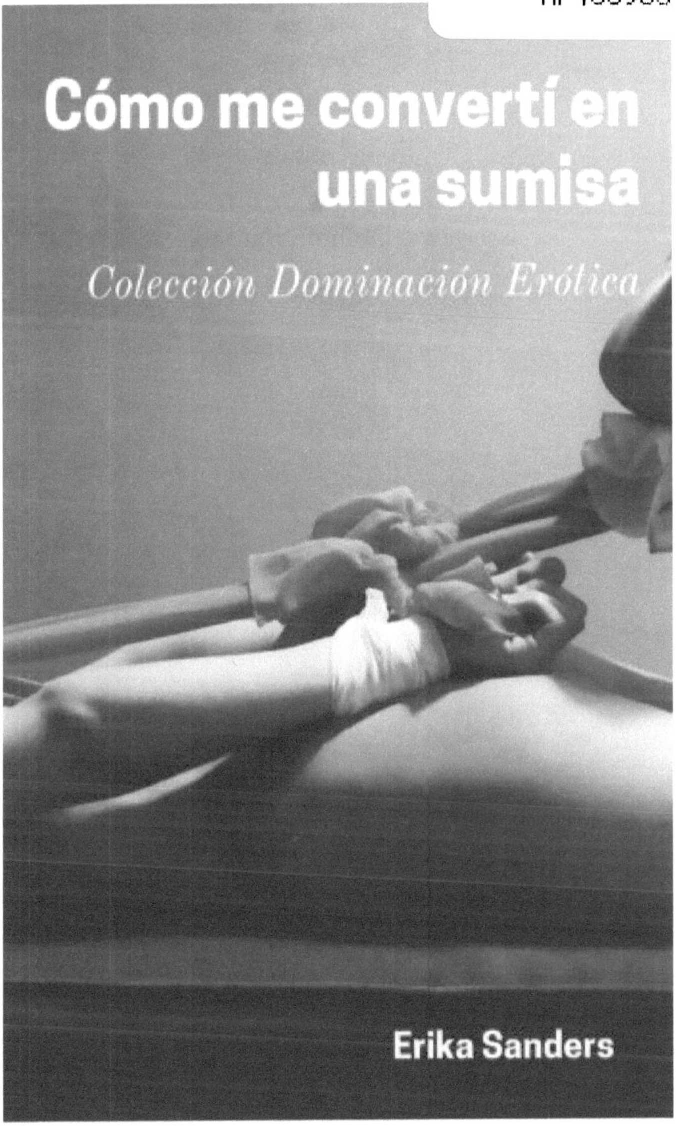

Cómo me convertí en una sumisa

Colección Dominación Erótica

Erika Sanders

Cómo me Convertí en una Sumisa

Erika Sanders
Serie
Colección Dominación Erótica

Sinopsis

En esta historia les relato como comencé a explorar las sensaciones de actuar como sumisa en una relación sexual.

Espero les guste como me gustó a mí la experiencia y contársela.

Cómo me convertí en una sumisa es una novela de fuerte contenido erótico BDSM y, a su vez, una nueva novela perteneciente a la colección Dominación Erótica, una serie de novelas de alto contenido BDSM romántico y erótico.

Nota sobre la autora:

Erika Sanders es una conocida escritora a nivel internacional, traducida a más de veinte idiomas, y que firma sus escritos más eróticos, alejados de su prosa habitual, con su nombre de soltera.

Índice:

CÓMO ME CONVERTÍ EN UNA SUMISA
ERIKA SANDERS

CAPÍTULO I

Gimoteé, agitándome mientras me despertaba.

Traté de girar sobre mi estómago, pero mis brazos estaban sujetos por encima de mi cabeza, mis muñecas atadas juntas.

Mis piernas estaban en una situación similar, estiradas juntas, mientras me recostaba de espaldas en la cama, con los tobillos atados.

Probablemente era la primera vez que mis piernas estaban cerradas en varias horas.

Me preguntaba cuánto tiempo me había dejado dormir.

Una risa profunda vino de encima de mí.

Moví mi cabeza hacia la izquierda y luego hacia la derecha, pero no podía ver nada porque llevaba una venda puesta.

"Shh, shh, shh".

Dedos ásperos, sudorosos, se arrastraron ligeramente a lo largo de mi mejilla, y me estremecí.

"Te ves tan encantadora, Erika, querida. Ahora, solo relájate".

Cerré los ojos, como si eso marcara la diferencia, y respiré hondo.

Me salió algo tembloroso, así que lo intenté nuevamente.

Cuando pude inhalar y exhalar sin que mi cuerpo temblara por su contacto constante, y por las promesas ocultas en su orden silenciosa, dejé que mi cabeza girara hacia un lado, mi mejilla apoyada en mi hombro izquierdo.

"Esa es una buena chica".

Sus dedos se arrastraron por mi cuello, y luego su cálida mano ahuecó mi mejilla.

Un olor dulce invadió mis fosas nasales.

Era el aroma de la excitación en su piel, y mi excitación.

Había perdido la cuenta de cuántos orgasmos había tenido desde que le conocí.

Más recientemente, había acariciado lánguidamente mi coño y clítoris, a la vez, con esos mismos dedos con los que me está tocando ahora, hasta que me convertí en un amasijo de extremidades y cuerpo retorciéndose.

Después de mi corrida, me había asegurado las muñecas y luego los tobillos mientras me quedaba dormida.

Tal vez es el momento en que debería hacer las presentaciones adecuadas.

Yo soy Erika.

Soy una sub, una sumisa.

"Él" es Ben, mi Amo o Dominante.

Nos conocimos en línea hace dos años en un lugar donde las personas con deseos sexuales pervertidos se reúnen para hablar abiertamente sobre dichos intereses, más comúnmente llamados fetiches.

Nunca antes había estado con una persona que compartiera mis fetiches.

Claro, he tenido mucho sexo.

Pero siempre era lo que nosotros los pervertidos llamamos "blandito": sexo directo en las posiciones normales.

A veces nos lanzábamos con un sesenta y nueve si los dos queríamos llegar al mismo tiempo dando y recibiendo orales.

Pero nunca había tenido a alguien que me controlara, diciéndome qué hacer.

O qué no hacer en otros casos.

Sin mencionar la esclavitud, por ligera que sea en nuestra relación.

También tenía un poco de curiosidad por la obsesión que la gente tenía con las nalgadas.

Había sido tímida al principio, especialmente después de nuestra primera reunión en persona.

Me había llevado meses antes de decidirme por aceptar conocer a Ben en persona.

La primera vez que supe de él fue en un grupo de discusión en el sitio web.

Había abierto un hilo para hablar sobre la forma correcta de retrasarse un orgasmo ya que mi pareja estaba de viaje y quería usar mis propias manos para hacer el trabajo.

Había escuchado que la gratificación retrasada era muy excitante, así que pensé en probarlo mientras practicaba.

Ben fue la undécima persona en responder a mi hilo y el único hombre.

Casi me perdí su comentario entre todas las mujeres que me dieron consejos ... y coquetearon conmigo a pesar de mi estado "heterosexual" en mi perfil.

Lo que más se destacaba era su foto.

A diferencia de las imágenes en los perfiles de la mayoría de los hombres con los que había conversado o había consultado mientras buscaba posibles parejas sexuales, en su foto Ben no estaba desnudo ni era ninguna foto bajada de internet de la polla de algún otro chico desconocido.

Al contrario, era un dibujo a lápiz de un león con un pequeño cordero dormido acurrucado entre sus grandes patas.

Más tarde descubrí que Ben lo había dibujado él mismo.

Él era un protector, y eso es exactamente lo que necesitaba.

CAPÍTULO II

La nuestra era una extraña relación de evolución lenta ya que ambos teníamos nuestras respectivas parejas.

Un mensaje rápido y privado aquí o allá.

Un comentario sobre hilos similares o un tema que uno de nosotros comenzaba en un grupo.

Y luego nos mudamos a las salas de chat.

Con la charla vinieron las bromas y el coqueteo y, finalmente, el juego sexual cibernético.

Después de unos ocho meses, él propuso que nos reuniéramos en persona.

Nuestros roles se habían establecido claramente desde el principio.

Él quería tener el control, y yo quería ser controlada.

No siempre en el sentido físico, sino también mental, mediante palabras a veces.

Oh, el poder de las palabras.

Aprendí a tener orgasmos sin un solo toque.

Conocer de lo que era capaz mi cuerpo ...

Que la voz de otra persona podría tener un efecto tan grande en mí ...

Fue alucinante.

Recuerdo el día que nos conocimos personalmente muy claramente.

Había estado nerviosa, esperando a Ben en el restaurante, sentado en un gabinete lejos del resto de los clientes.

El sitio había sido una de sus primeras órdenes.

También lo era la ropa que llevaba puesta: un top rojo y pantalones negros.

El primero mostraba generosamente el escote entre mis senos, y el segundo, resaltaba mi trasero.

Yo estaba bien dotada en ambos extremos, y me gustaba hacer alarde de ellos, pero todavía dejaba mucho a la imaginación.

Ben me había dicho que me colocara el pelo hacia atrás.

Había optado por trenzar mi cabello rubio en lugar de dejarlo suelto en una cola de caballo.

Habíamos intercambiado fotos personales, así que tenía una idea de cómo se veía.

Sin embargo, cuando se acercó a la mesa, con sus 1:80 o 1:90 de altura y sus aproximadamente 90 kilos de peso en un cuerpo claramente imponente, me quedé sin aliento.

Él era hermoso.

Muy hermoso.

Al menos para mí.

Tenía algo sobrepeso como yo, pero no era muy evidente.

Tamaño perfecto para abrazar.

Su polo negro enfatizaba sus gruesos brazos, y no podía esperar a que él me envolviera en ellos.

Su cabello era oscuro y, aunque corto, tenía una onda natural que le daba algo de textura.

Había levantado mis manos de mi regazo, instintivamente queriendo pasar mis dedos por esos encantadores mechones.

Pero un destello en sus ojos me advirtió que resistiera la tentación.

Oh esos ojos.

También eran oscuros, y combinaban con el marrón chocolate de su cabello.

Y se centraron directamente en mi boca.

Cerré la boca, de repente consciente de que había estado boquiabierta, y le sonreí.

Cuando él me devolvió la sonrisa, esos ojos brillaron más, casi derritiendo mis entrañas.

Me había quedado sentada cuando él se presentó y extendió su mano para estrechar la mía.

Fue mi primer acto de sumisión a él en persona.

Mi vida nunca había sido la misma de nuevo después de esa presentación.

CAPÍTULO III

Esperamos hasta nuestra sexta cita antes de irnos a una habitación, pero incluso entonces, comenzamos desde el principio a pesar de nuestros encuentros en línea.

Simplemente no era lo mismo, especialmente para alguien como yo que nunca había hecho esto antes.

Hablo acerca de sentirme incómoda.

Pero Ben era, y es, un Amo muy paciente.

Se tomó su tiempo conmigo, enseñándome como era todo esto, como se usaban las cuerdas.

Bueno, esas no llegaron sino unos meses después, pero ya saben a lo que me refiero.

Esta noche en realidad había sido idea mía.

Habíamos estado ocupados debido a nuestros trabajos y nuestras respectivas relaciones, pero casualmente ahora ambos teníamos todo el fin de semana libre.

Durante el curso de nuestra extraña relación, discutíamos en detalle nuestros propios deseos secretos.

Unos que nunca antes habíamos compartido con nadie más, incluso en el sitio web donde nos conocimos.

Me sentí lista para estar con uno de mis proyectos, y Ben me quería permitir esa experiencia.

Contuve la respiración, esperando su respuesta.

Como mi Amo, tenía todo el derecho a declinar.

Sin embargo, al final, no lo hizo.

Por lo que le había permitido que me follara el culo, uno de mis límites suaves, como agradecimiento.

Y él lo había hecho bastante placentero.

Lo suficiente para que estuviera considerando quitar por completo esa posición de mi lista de límites.

A pesar de estar de acuerdo con mi deseo, sabía que tendría que ser paciente para que Ben decidiera si sucedería.

Habían pasado varias semanas hasta que había tomado la decisión.

Me preocupaba que él hubiera cambiado de opinión, pero esa mañana recibí un mensaje de texto simple que decía:

"Esta es tu oportunidad. En mi casa a las tres de la tarde".

Y así nuestro encuentro comenzó temprano.

Literalmente me habían follado diez veces desde el viernes hasta ahora, y disfruté cada momento.

Y aunque completamente saciada y adolorida, todavía anticipé cuándo Ben cumpliría su promesa.

No dudé que lo haría, pero teníamos todo el fin de semana, y solo era sábado por la noche.

CAPÍTULO IV

Y por eso estoy aquí así.

La sensación y luego el sabor de su pulgar rozando mis labios me devolvieron la mente al presente.

Gemí cuando él empujó su dedo en mi boca y lo frotó contra mi lengua y dientes.

Luego lo metió dentro y fuera.

El resto de mi cuerpo se estremeció y se sintió celoso, ya que él no me estaba tocando en ninguna otra parte además de mi cara.

Sin embargo, cuando comencé a chupar su pulgar, mis pezones se tensaron y mis músculos inferiores se contrajeron.

Solo este simple movimiento de su parte me estaba excitando.

Bueno, eso y mi falta de control por estar atada.

Por no mencionar el hecho de que también estaba completamente desnuda.

"Ábrela, Erika".

Me agarró suavemente la barbilla y tiró hacia abajo.

Sabía lo que me esperaba antes de sentirlo presionar la punta de su polla contra mis labios.

Saqué la lengua para saborearlo.

Ya le había chupado la polla antes, pero esa vez, estaba arrodillada en el suelo entre sus piernas, con las manos atadas a la espalda.

Había envuelto mi trenza alrededor de una mano y me mantuvo quieta mientras controlaba la velocidad y la profundidad.

Me soltó las manos al final para que se la acariciara por todos con mis senos.

Podría pasar todo el día con su polla multitextural en mis manos.

Una vez más, no podía tocarlo excepto con la boca.

Y él tenía la ventaja ya que estaba por encima de mí.

Me atraganté un par de veces cuando trató de ir más profundo, pero por lo demás empezó como un blowjob suave.

Me encantaba sentir la gruesa rigidez de su polla deslizándose contra mi lengua.

La punta rozando la parte posterior de mi garganta.

La piel tan suave mientras se la chupaba.

Su dureza general empujando entre mis labios, cubierta con mi saliva y su líquido preseminal.

Me concentré en respirar por la nariz.

Desearía poder ver su expresión.

Sabía cómo su frente se fruncía en el medio mientras se concentraba en recibir placer de su parte y asegurarse de que estuviera cómoda con el mío.

Sin embargo, la venda me limitaba la vista en este momento.

Así que en su lugar imaginé su rostro, su cuerpo tenso.

Puso ambas manos a un lado de mi cabeza y me sostuvo quieta mientras bombeaba lentamente dentro y fuera de mi boca.

"Gime por mí, nena".

Obedecí, sabiendo que amaba las vibraciones que mi sonido hacía en su polla.

Y todo el tiempo, mis senos se movían suavemente cuando él me balanceaba contra el costado de la cama.

Al menos supuse que estaba parado al lado de la cama.

Sus firmes muslos debían estar golpeando el borde del colchón con cada empuje.

De lo contrario no había otra explicación lógica de cómo podría obtener el ángulo correcto para metérmela.

Pasaron unos minutos antes de que se parara de repente.

Sabía lo que vendría después.

"Haz una buena respiración profunda, nena. Todo para ti".

Luego deslizó toda su polla hacia adentro hasta que enterré mi nariz contra su grupo de rizos gruesos.

Sus bolas acurrucadas debajo de mi barbilla.

Suspirando, cerré mis labios alrededor de su polla.

Entre el olor a sudor y a sexo había rastros de sándalo.

Siempre rociaba algo de su colonia alrededor de la base de su polla antes de que le hiciera una mamada.

Descubrimos que hacía que el acto fuera más placentero de mi parte.

Una agradable distracción cuando metía la nariz en la ingle durante períodos algo largos.

Después de unos pocos golpes, sus manos se apretaron en mi cabeza y se quedó quieto.

Su polla se sacudió un momento antes de que el líquido tibio llenara mi boca.

De repente, las lágrimas aparecieron en los bordes de mis ojos y lloriqueé.

"Trágatelo, nena. Eres una buena chica".

Ben gruñó un par de veces y traté de no vomitar cuando terminó.

Hubo un suave sonido de 'plopp' cuando se retiró de mi boca.

Me soltó la cabeza y sentí el calor de su presencia desaparecer.

Una mano regresó a la parte posterior de mi cabeza, sosteniéndola mientras la inclinaba hacia arriba.

"Ábrela."

El sabor del refresco era fresco y agradable mientras lo colocaba alrededor de mis labios y lo dejaba deslizarse por mi garganta.

No estaba muy interesada en tragarme el semen, pero lo hacía por él.

Y siempre me recompensaba con un refresco después.

Lo amaba por eso.

CAPÍTULO V

Manteniendo mi cabeza hacia atrás, acarició mi mejilla.

Su mano encontró mi pecho y lo acarició

Un pulgar rozando mi pezón, haciéndome gemir.

Luego se inclinó y rozó sus labios contra los míos.

Su aliento era cálido cuando habló.

"Has sido tan buena hoy, Erika. Creo que mereces una pequeña recompensa. ¿Te gustaría eso?"

Luché por tragar mientras mi ritmo cardíaco se aceleraba.

"Sí Amo."

"Muy bien."

Dejó la venda puesta y mis muñecas unidas, pero ya no a la cabecera de la cama.

Me desabrochó los tobillos, masajeándolos a la vez que me quitaba las ataduras.

Luego me ayudó a sentarme y a recostarme en la cama para que descansara sobre una almohada y la cabecera.

Se sintió tan bien que me tocara, tan breve como fue.

Se sentiría aún mejor si pudiera estar de pie.

Mi espalda siempre se ponía un poco rígida después de permanecer en la misma posición durante demasiado tiempo.

Escuché los pasos de Ben mientras arrastraba los pies descalzos sobre la alfombra.

La puerta crujió cuando se abrió.

El clic suave cuando se cerró de nuevo.

Se deshizo un tintineo de metal como un cinturón.

Una cremallera rascando a medida que se bajaba.

Oí como alguien se quitaba la ropa.

No se intercambiaron palabras conmigo, pero no fueron necesarias.

Me alegré un poco.

Temía que, si alguno de los dos me hablaba, cambiaría de opinión.

Me concentré en respirar de nuevo.

Lentamente hacia adentro.

Lentamente hacia afuera.

Mis muñecas yacían en mi regazo.

Saqué un dedo y jugueteé con el pelo cortito que me dejaba sobre mi coñito.

Ayudó un poco, me distrajo y también me excitó.

Y definitivamente necesitaría lo último para lo que iba a pasar.

CAPÍTULO VI

Cuando una mano grande ahuecó mi seno derecho y lo acarició, me quedé sin aliento.

La cama se movió cuando alguien se sentó a mi lado izquierdo.

Otra mano masculina ahuecó mi seno izquierdo, esta vez apretando.

"Relájate, Erika".

El susurro de Ben en mi oído derecho envió escalofríos por mi espalda.

Incliné mi cabeza hacia su voz, y él me recompensó empujando su lengua dentro de mi boca mientras me besaba.

Mi cabeza se movió hacia la suya cuando él se alejó.

Yo gemí.

Quería mucho más.

"Echa tu cabeza hacia atrás, nena".

Obedecí.

Cerré los ojos, abrazando por completo las sensaciones que encendían mis nervios, alejando mis frustraciones.

Una mano todavía acariciaba cada uno de mis senos, un pulgar rozaba ocasionalmente mi pezón.

Ahora, los dedos también subían y bajaban por mi cuello por ambos lados.

Un gemido escapó cuando dos pares de labios presionaron contra mi barbilla.

Cuando dos lenguas tocaron ligeramente mi piel y corrieron por mi mandíbula.

Cuando sus alientos como una brisa caliente llegaron a mis oídos.

La almohada detrás de mí sostenía mi cuello mientras inclinaba mi cabeza hacia atrás aún más.

Se estaba volviendo difícil permanecer pasiva.

Usualmente no luchaba con Ben, a menos que, por supuesto, él me dijera que podía responder.

¿Pero ahora con dos amantes?

Me controlé mucho, pero mis dedos se retorcieron en mi regazo cuando mis pezones se pellizcaron de repente.

Mi cuerpo se arqueó cuando mis dedos rozaron mi coño y recibí una cachetada.

"Paciencia, nena. Paciencia. Esos dedos quietos".

Lamí mis labios ante el sonido decepcionante de la voz de Ben.

Sabía por experiencia que él lo mejoraría un poco, sacando mi placer poco a poco.

Disfrutaba mucho del juego de sensaciones, y él lo sabía muy bien.

Fue mi castigo por la desobediencia.

A pesar de mi curiosidad, descubrimos que realmente no me gustaban las nalgadas.

Pero retener mi ansiedad de liberarme... y una nalgada siempre me recordaba que debía comportarme bien.

Al menos hasta la próxima vez.

Alguien levantó mis manos aún atadas y las colocó detrás de mi cabeza.

Debo de ser un espectáculo para ellos: desnuda, con los ojos vendados, las manos apoyadas detrás de la cabeza con mis brazos sobresaliendo como pequeñas alas.

Mi nueva posición empujaba mis pechos hacia adelante, y jadeé cuando una boca se enganchó en un pezón y lo chupó antes de que el dueño moviera alternativamente la lengua y mordisqueara con los dientes.

El mismo proceso se repitió en mi seno derecho.

Me di cuenta de que era Ben por la forma en que era un poco más duro con los dientes.

Él conocía mi límite entre el placer y el dolor.

Tomé respiraciones superficiales ahora mientras mordisqueaban mis senos con solo sus bocas.

Sin embargo, sus acciones sobre mis pezones viajaron profunda y directamente hacia mi coño calentándomelo.

Me concentré en los sonidos de su respiración pesada y succión húmeda.

Agarré mi trenza con ambas manos, agradecida de poder sostener algo.

"¡Ahora, Erika!"

Grité cuando ambos me mordieron los pezones y un orgasmo me atravesó.

El único pensamiento en mi cabeza era que estaba volando.

Solté el agarre de mi cabello, dejando que mi cabeza descansara sobre mi hombro una vez más.

Jadeando, sentí que los estremecimientos disminuían lentamente.

Veinte dedos ahora se deslizaban por mis costados y mi estómago, ocasionalmente rozando la parte inferior de mis senos.

Fue celestial.

Se me cortó la respiración cuando los dedos se movieron más abajo sobre mis caderas y luego la parte superior de mis muslos.

Suavemente separaron mis piernas y viajaron más al sur hasta mis rodillas, espinillas y pies.

En su camino de regreso al norte, se deslizaron por el interior de mis piernas.

De rodillas nuevamente, me levantaron las piernas para que mis pies estuvieran planos sobre la cama, haciéndome sentir desnuda y vulnerable.

Ben había hecho esto con bastante frecuencia, generalmente antes de caer sobre mí para chupar mi clítoris y follarme con su lengua.

Pero no tenía idea de qué esperar ahora.

CAPÍTULO VII

Durante un largo rato, no pasó nada.

Nadie me tocó.

En absoluto.

Estaba empezando a respirar normal otra vez cuando un dedo rozó mi clítoris.

Gimoteé.

"No te muevas, Erika".

La voz de Ben era baja y seria.

Me mordí el labio inferior, sofocando un gemido.

Quería arquear mi cuerpo hacia ese dedo, sentir ese toque íntimo de nuevo.

En cambio, presioné mi cabeza contra la almohada, mis músculos se tensaron para mantener mi cuerpo inmóvil.

Pero fue imposible no reaccionar cuando un dedo se sumergió completamente entre los pliegues hinchados de mi coño.

Y luego una mano estaba en cada rodilla, manteniendo mis piernas separadas mientras más dedos me exploraban.

Frotando.

Acariciando.

Jugando.

Un fuerte gemido atravesó mis labios cuando un dedo se hundió dentro de mí.

Luego otro.

Y otro hasta que hubo al menos cuatro dedos dentro y fuera, abriéndome.

Estaba muy sensible después de las horas anteriores que Ben y yo habíamos jugado juntos.

Quería rogarles que pararan.

Pero eso también significaría el final de mi fantasía.

No estaba lista para tirar la toalla sobre eso.

No todavía.

Hasta ahora, este fin de semana habíamos hecho todas las posiciones estándar con nuestros propios giros retorcidos.

Inclinándome sobre la cama boca abajo con los pies en el suelo, las manos atadas a la espalda mientras Ben me tomaba, tirando de mi trenza como una correa.

La del misionero con las rodillas levantadas por la cabeza, mi cuerpo doblado por la mitad para poder ver su gruesa polla deslizándose dentro y fuera de mí en cada golpe.

Montándome tipo vaquera, otra vez con las manos a la espalda.

La vaquera inversa con su polla en mi culo.

Sesenta y nueve conmigo abajo para que Ben pudiera controlar la profundidad de su polla en mi boca, a veces tan profunda que era sofocante.

Entre estas posturas, cuando no estaba dormida por agotamiento, usaba vibradores y consoladores para mantener los orgasmos.

No me vendó los ojos todo el tiempo, pero cuando lo hizo, realmente aumentó la excitación.

Me quitó otro nivel de control y me hizo confiar en mis otros sentidos.

Sin embargo, a pesar de la incomodidad que había sentido al despertar después de todo ese sexo, anticipé la finalización de mi fantasía.

Unos estremecimientos repentinos sacudieron mi cuerpo cuando las constantes caricias de los dos hombres me llevaron al borde de nuevo.

Luego sacaron sus dedos de repente, dejándome con una sensación de vacío.

Mi mente estaba un poco distraída en esos momentos.

Por un momento, pensé que estaba en un barco meciéndose en el océano.

Entonces me di cuenta de que me estaban moviendo, trepando por la cama.

Alguien presionó sus labios contra los míos brevemente, y esperaba que fuera Ben.

Me bajaron los brazos y me quitaron las ataduras.

Ambos hombres me masajearon los brazos desde los dedos hasta los hombros y la espalda nuevamente.

"Ponte de rodillas e inclínate hacia adelante".

Mientras obedecía a Ben, sentí que se arrastraba detrás de mí y ponía sus piernas a cada lado de las mías.

Frente a mí había una pared de músculos duros.

Hacía calor cuando mi mejilla se presionó contra ella, y dos manos fuertes agarraron mis hombros, manteniéndome firme.

Debajo de mí, sentí la punta suave de una polla dura que me pinchaba los senos.

"Respira hondo, nena. Eso es todo".

Un gemido escapó cuando sentí los dedos de Ben acariciando mi coño por detrás.

Metió al menos dos dentro de mí y las hizo girar alrededor de la zona de mi clítoris un par de veces antes de sacarlos para frotar mis fluidos alrededor de mi culo.

Gimoteé de nuevo, mordiéndome el labio cuando presionó un dedo dentro de mí hasta el segundo nudillo.

Debo haberme tensado porque lo escuché suspirar.

Su exhalación fue lo suficientemente profunda como para rozar mi espalda, haciéndome temblar.

"Estoy haciendo esto por ti, Erika. Sé una buena chica y coopera".

Solté mi propio aliento e intenté hacer lo que me pidió.

Yo era un montón de nervios que se habían vuelto locos y ya no estaban seguros de qué hacer.

Ayudó cuando nuestro invitado me acarició la espalda.

Agarré sus muslos, recordando que ahora podía usar mis manos.

"Abre la boca, Erika".

Obedeciendo, sentí esa suave cabeza de polla empujarse entre mis labios.

Él no entró todo el camino, pero aun así hizo golpes largos.

Fue suficiente para ocupar mis pensamientos.

Al menos hasta que el dedo de Ben se movió más dentro de mi culo.

Ben continuó presionando suavemente, ocasionalmente sacándolo y recogiendo más de mis fluidos y frotando contra mi clítoris.

Después de haber deslizado su dedo en mi ano por completo varias veces, lo retiró lentamente y agregó un segundo dedo.

Apreté los ojos hasta el punto de que vi pequeñas estrellas danzantes.

Parecía que cada vez que hacíamos sexo anal era como si nunca antes lo hubiéramos hecho antes.

¿No se suponía que iba a ser más fácil cuanto más lo hacías, como el sexo normal?

Cuando sus dedos desaparecieron y se alejó de mí, el otro sacó la polla de mi boca.

Después de eso, nuestro invitado me la puso en la mano y colocó mi frente sobre su muslo.

Escuché el chasquido de una tapa de plástico, otro chasquido y otro chasquido nuevamente.

Luego, una sustancia fría y espesa cubrió mi culo.

Ben lo extendió antes de volver a meter sus dedos en mí.

Unos golpes más y luego se retiró una vez más.

"Respiración profunda, nena. Otra. Buena chica".

La tapa de plástico volvió a abrirse y hubo más sonidos de deslizamiento: el lubricante de la botella y él cubriendo su polla con el lubricante, muy probablemente.

Presionó una mano contra mi espalda baja, presionando hacia abajo.

Luego dijo:

"Quédate quieta".

Logré extender mis rodillas debajo de mí, inclinándome un poco más.

Nuestro invitado deslizó sus manos debajo de mí y me acarició los senos.

Estaba agradecida por la distracción cuando Ben eligió ese momento para presionar la punta de su polla en mi culo.

CAPÍTULO VIII

Jadeé, me acordé de respirar, y aflojé el agarre de la polla en mi mano cuando escuché a su dueño gemir.

No estaba segura si lo había lastimado o si estaba excitado mientras veía a Ben penetrar mi trasero.

Me incorporé un poco cuando Ben se deslizó debajo de mí, presionando más fuerte contra mi entrada trasera.

Dejamos escapar un suspiro colectivo cuando mi esfínter se relajó, permitiendo que la punta se deslizara hacia adentro.

Ninguno de nosotros se movió por un momento, sin embargo, nuestro invitado todavía sostenía mis senos y Ben me agarró las caderas ahora.

"¿Puedo proceder, Erika?"

Tragué saliva y dejé escapar un suspiro tembloroso.

"Sí Amo."

Durante los siguientes dos minutos, se deslizó más adentro, saliendo un poco entre cada empuje.

Cuando estaba sentado completamente metido dentro de mí, sus dedos masajearon mis caderas.

Me moví contra él por un momento para acostumbrarme a la invasión.

"Tienes un trasero tan hermoso, Erika. Deberías ver lo maravilloso que se ve mi pene enterrado en él".

Mi jadeo se cortó cuando mi cabeza fue empujada hacia abajo sobre la polla del extraño.

Ben eligió ese momento para moverse.

Luego empujó desde atrás mientras yo chupaba la varilla palpitante que estaba siendo forzada en mi boca desde abajo.

No tengo idea de cuánto tiempo Ben me cogió por el culo y le di una mamada a nuestro invitado.

Creo que Ben fue quien agarró mi trenza porque mi cabeza estaba hacia atrás.

Pero al mismo tiempo, nuestro invitado me mantenía la cabeza quieta y me metía la polla en la boca.

Me sentí como un maldito juego de tira y afloja, y yo era la cuerda que empujaban y tiraban de un lado a otro.

Pero lo disfruté.

Lo único que lo hubiera mejorado es que Ben hubiera estado en mi coño.

Pero los sumisos no pueden elegir.

En algún momento, me di cuenta de que ambos hombres se habían quedado quietos.

Me ayudaron a ponerme en posición vertical, moviéndome para que ya no estuviera arrodillada sino sentada en el regazo de Ben.

Fue una sensación muy extraña, tener su polla aún enterrada dentro de mí cuando se recostó, tirando de mí con él, así que estaba de espaldas sobre su estómago.

Era incómodo, pero mi cuerpo ansiaba algo más.

Las manos de Ben reemplazaron las de nuestro invitado en mis senos.

Me relajé aún más cuando su respiración me calentó el cuello, me tranquilizó, y sus dedos jugaron con mis pezones.

"Erika, estás haciendo un buen trabajo". Besó mi mejilla. "Solo un poco más, nena. Sigue respirando así, pase lo que pase. Andrew será amable. Confía en mí".

Ah, así que ahora tenía un nombre para el misterioso invitado.

Pero luego las palabras de Ben se repitieron en mi cabeza.

¿Qué confíe en qué?

¿Qué haría él ...?

¡Oh!

CAPÍTULO IX

Andrew eligió ese momento para frotar su polla contra mi clítoris.

Salté, y la polla en mi culo también saltó, lo que me hizo jadear.

Andrew pasó sus dedos por mis labios, se metió dentro de mi vagina y luego extendió mis fluidos.

En ese momento, tuve dudas.

¿Qué demonios estaba pensando?

Las fantasías tienen ese nombre por una razón.

Tal vez debería decirles que se detengan.

Tal vez...

Como Andrew no podía leer mi mente, procedió con el espectáculo y empujó dentro de mí.

Sabía cómo se sentía Ben, por el poco tiempo que le llevó deslizar su grueso pene de seis pulgadas de nuevo dentro de mí.

Yo gimoteé.

Andrew tardaba más en entrar, a pesar de lo mojada que estaba.

Y se sintió más grande, estirándome más.

Sin mencionar la plenitud que sentí hasta el estómago al estar llena en ambos agujeros.

Una vez que me lo metió hasta los huevos, Andrew se detuvo y sentí el calor de su cuerpo flotando sobre mí, dentro de mí.

Una vez más, nadie se movió, y lentamente me acostumbré a tener dos pollas dentro de mí a pesar de mis dudas.

Seguramente, Ben no habría aceptado esto si fuera peligroso, o si no confiara en Andrew.

Por otra parte, estar llena de dos pollas y ser follada por ellas eran dos historias diferentes.

Tal vez podría mentir con esto.

Pero me sentía muy bien con las sensaciones que me producía.

"Si no puedes soportarlo más, usa la palabra segura, nena. ¿Entiendes?"

Contuve la respiración por un momento y luego asentí.

Ben me pellizcó el pezón.

"Dilo."

Yo grité.

"Sí, señor, lo entiendo".

"Buena chica. Ahora intenta relajarte y simplemente sentirlo".

Con eso, Ben soltó mi pecho para agarrar mi barbilla e inclinar mi cara lejos de la suya, manteniéndola en su lugar contra su hombro.

Él mordisqueó mi cuello con sus labios, lengua y dientes mientras su otra mano envolvía mi estómago y me apretaba contra él.

Y luego sus caderas me empujaron.

Al mismo tiempo, Andrew se echó hacia atrás y se puso a bombearme el coño.

Grité y agarré los muslos de Ben debajo de mí.

"¡Maldita sea, estás muy floja!"

Esas fueron las primeras palabras que escuché de la boca de Andrew desde que había entrado en la habitación.

Y se enterraron directamente en mi cerebro, como su polla en mi coño, de modo que mi cuerpo reaccionó apretándose a su alrededor.

Él gimió de agradecimiento.

"Qué chica tan buena tienes, Ben. Una chica muy poderosa".

Por su acento y el profundo barítono de su voz, me di cuenta de que era negro.

Mi coño se apretó alrededor de él nuevamente, y gemí.

Ben no solo había conseguido un amigo de confianza para hacer mi fantasía de doble penetración, también había conseguido un amigo negro.

Dos sueños cumplidos al mismo tiempo.

Siempre había escuchado que los hombres negros tenían pollas más grandes.

Que eran grandes amantes.

Andrew solo estaba demostrando que los rumores eran ciertos.

Dios, se sentía tan bien bombeando dentro de mí.

Pero nunca cambiaría a Ben como Amo por ningún hombre.

Le pertenecía a él, y los dos estábamos felices juntos.

Fue un proceso lento y tortuoso encontrar un buen ritmo.

No creo que mi cuerpo supiera lo que le estaba sucediendo.

Ben había usado tapones y vibradores anales antes, pero al tener dos pollas reales entrando y saliendo de mí en una sincronía tan íntima, no pude encontrar las palabras para describirlo.

Así que simplemente sólo sentí, como Ben me había ordenado.

En algún momento, me di cuenta de que alguien estaba jugando con mis senos nuevamente.

Debe de haber sido Andrew porque alguien más estaba agarrando mis caderas ahora, y probablemente era Ben porque estaba bombeando más furiosamente debajo de mí.

Luego me soltaron los senos y de repente mis piernas se alzaron en el aire.

Andrew las mantuvo quietas con las manos debajo de la parte posterior de los muslos, justo por encima de las rodillas.

Ben se hizo cargo y acarició mis senos, apretando y acariciando como solo él sabía cómo.

Dentro de mí, lo había reducido a un lánguido empuje, pero Andrew aceleró el paso.

De hecho, podía sentir sus pollas rozándose entre sí a través de la delgada membrana que separaba las cavidades que las cubrían.

"¿Disfrutas de esto, Erika? ¿Es lo que esperabas que fuera?"

"Oh, sí, señor".

Ahora estaba llorando por el placer que me recorría.

"Frota tu clítoris, nena".

Sollocé tan pronto como mis dedos tocaron mi protuberancia demasiado sensibilizada.

Cuando también toqué la polla dura de Andrew, algo provocó una avalancha de emociones y sentimientos que empezaron pequeños, pero retumbaron a través de mí hasta que estaba temblando violentamente y gritando palabras sucias al azar.

Ambos hombres se corrieron dentro de mí mientras me tambaleaba en el precipicio del placer y del dolor.

Me di la vuelta después de que se desengancharon de mí, envolviéndome con los brazos mientras me hacía un ovillo.

Hacía esto a veces cuando estaba con Ben y nos habíamos acercado demasiado al borde.

Pero Ben sabía que no debía dejarme sola.

Ahora es cuando más lo necesitaba.

Cuando necesitaba mi protector.

Fuertes brazos se cerraron debajo y alrededor de mí, tirando de mí en un abrazo gentil.

Lloré mientras Ben me acunaba, sus manos relajaban mi piel y me calmaban.

El peso en la cama cambió.

Apenas escuché los sonidos de Andrew limpiándose en el baño contiguo antes de vestirse.

Los susurros de Ben llenaron mi cabeza en su lugar.

Luego a lo lejos, oí que la puerta se abría y cerraba.

Las últimas palabras que escuché antes de quedarme dormida fueron:

"Estoy muy orgulloso de ti, Erika".

CAPÍTULO X

Cuando desperté, la habitación estaba oscura, la venda había desaparecido y mi cuerpo saciado estaba muy adolorido.

Ben me sostenía como una cuchara contra él todavía.

Sus brazos y una manta me envolvían mientras acariciaba suavemente mi cabello y lo echaba hacia atrás de mi cara.

"Bienvenida de vuelta, nena." Besó mi sien. "Eso fue increíble. ¿Lo disfrutaste?"

Me estremecí y sonreí.

"Gracias, señor. Lo disfruté mucho".

"Ahora tendré que comenzar a planear una de mis fantasías después de la tuya".

"Sí, señor. De todos modos, será lo que quiera".

Ben giró mi cabeza hacia la suya y me besó profundamente en los labios.

"Esa es mi buena chica"

FIN

DESEO SEXUAL

49

Mi amor, quiero que te sientes frente a tu computadora y muestres una imagen, una pieza visual, como un coño.

No la cara y el cuerpo, solo las rodillas dobladas y las piernas abiertas.

Con unos largos y hermosos dedos elegantes que separen los labios vaginales ligeramente.

Imagina que entro y me siento sentado en este escritorio completamente vestido.

Pero como tu silla tiene brazos, coloco mis pies vestidos con zapatos de cuero negro de tacón alto, envoltura hasta el tobillo y puntas puntiagudas a cada lado de ti.

Te echás hacia atrás y sonríes y yo me recuesto sonriendo también.

Levanto mi delgado vestido negro y sedoso y ves que me faltan las bragas y el brillo de mi humedad en mi rajita ya se nota.

Verás la punta de un corsé negro al que también están unidas las medias.

Levanto mi vestido con ambas manos hacia arriba, lo paso sobre mi cabeza y te descubro el corsé de cuero de solo unos pocos centímetros de ancho.

Mis pezones están erguidos y altos mientras sobresalen por la parte superior.

Te inclinas, pero estoy yo aquí para jugar contigo y uso mis zapatos puntiagudos para mantenerte dónde estás.

Veo una polla notablemente creciente que necesita salir de sus pantalones y te pido que los desabroches.

Paso mi lengua por mis labios en toda su longitud, sonriendo, mientras deslizas hacia abajo los pantalones.

La cabeza de tu polla sobresale de tus boxers y también ésta tiene un poco de demandante brillo.

Está así por una buena razón.

Esta vista de tu polla erecta me enciende de repente y te pido que me lamas.

Te inclinas hacia adelante y lo haces, separando mis labios ligeramente para buscar mi clítoris.

Lo tomas en tu boca, por lo que sobresale un poco más.

Solo necesitaba ese toque de tu lengua para ponerme a cien.

Mientras me acomodo, te pido que tomes tu polla con tu otra mano y te la acaricies ligeramente.

Lo haces, pero puedo decirte que necesitas más, esto no es suficiente.

Te obligo a ponerme de rodillas para tomarte de lleno en mi boca, alternando en lamer de la base a la parte superior, de arriba a abajo y volviendo a las bolas, lamiendo el interior del lugar donde se encuentra la entrepierna.

Te gusta lo que ves cuando estoy arrodillada, mi culo está tan delgado como unos pocos centímetros de ancho y mi ano se muestra ajustado y acogedor.

Vuelvo a levantarme porque me estoy acercando demasiado al clímax.

Te pongo de pie y los pantalones bajan más allá de las rodillas.

Sigues con los zapatos puestos, la corbata aún atada pero la camisa desabrochada hasta abajo.

Me encanta necesitar ver tanto como pueda de tu piel.

Ahora que estás de pie te pido que me des la espaldas.

Que abras las piernas lo suficiente como para arrodillarme detrás de ti.

Mi lengua te lame tus piernas, lamiendo tus bolas y hasta la rajita de tu culo, lamiendo y girando lengua alrededor de tu ano.

Saco de mi bolsa un vibrador y le pregunto si puedo usarlo en contigo, pero antes de que contestes, te lo pongo contra la piel.

Con mi boca he ido dejando saliva en todo tu culo para que tengas lubricado todo.

Lo pongo a baja velocidad y lo paso por tus bolas y entre las bolas y tu agujero del culo.

Mi otra mano pasa por entre tus piernas y agarra tu polla, acariciándola y avivándola.

El vibrador se siente bien en tu culo.

Lo pongo al lado de tu ano y deslizo una de las dos puntas, la delgada, que es mi favorita también.

Ésta se desliza hacia adentro y pongo la otra punta más hacia el centro, detrás de tus bolas, nuevamente, viendo cómo la sensación te lleva a otro nivel.

Tus manos están agarrando el escritorio y tus ojos están cerrados cediendo a lo que yo quiera hacer.

Pero me quedo así, acariciando un poco mientras dejo que el zumbido te haga preguntarte qué pasará después.

Me detengo abruptamente y te digo que te des la vuelta.

Lo haces y tu cara está sonrojada.

Estabas disfrutando mucho esto y acercándote al estado que quieres.

Pero prefiero bajar el ritmo para llevarte de vuelta a mi boca.

Estoy tan caliente como el Infierno y estoy perdiendo un poco de control.

Así que te hago sentar de nuevo y me arrodillo frente a ti y te pido que te acaricies, pero despacio.

"Acaríciate mi amor".

Mientras me arrodillado frente a ti y me recuesto sobre mis talones.

Enciendo el vibrador y lo froto en el exterior de mi vagina, sobre el clítoris.

Esto me lleva menos de un segundo para alcanzar el orgasmo.

Tengo las piernas y las rodillas abiertas y echo la cabeza hacia atrás, extendiendo mi coño con las manos queriendo que veas los músculos de mi orgasmo moviéndose.

Sostengo el vibrador hasta que termino y mis propios jugos se derramen.

Te miro y te estás masturbando, aumentando el ritmo.

Tu ritmo se ha acelerado y es tan excitante que me arrodillo, rogándote que te corras por mi cara y mi pecho.

Y sí, ciertamente, así lo haces.

Veo como salen los chorros de tu leche hacia mí.

Pero, acabas lanzando los chorros a la pantalla de la computadora y sobre el teclado.

Nos despedimos hasta otro momento y apagas la webcam.

HÚMEDA BIENVENIDA

55

Glenn llega a casa después de un duro día de trabajo y deja su maletín y su abrigo junto a la puerta.

Él se encuentra que la casa está inusualmente tranquila pero no le presta demasiada atención y se dirige a la habitación.

Mientras sube las escaleras, huele el maravilloso aroma del perfume de su amada esposa Susan.

Cuando llega al rellano, oye unos débiles sonidos de música escapando levemente a través de la puerta de su habitación.

Asegurándose de no hacer ningún ruido, abre la puerta lentamente.

"¿Susan?" dice con una voz masculina bastante profunda.

A medida que la puerta se va abriendo cada vez más, la visión de su cuerpo desnudo acostado en la cama lo hace temblar.

"Si nene." ella dice en una voz sensual.

Él comienza a acercarse hacia la cama, pero ella le indica que se detenga.

Desconcertado, hace lo que le indica sabiendo que ella tiene algo en mente.

Ella se levanta de la cama.

Su cuerpo se mueve con mucha gracia.

No puede evitar estar fijo en su delicioso pecho moviéndose ligeramente mientras ella camina hacia él.

Siente que su polla se endurece cuando pasan por sus pensamientos "Ella es tan hermosa".

Ella extiende sus manos y le desabrocha el cinturón.

También los pantalones, los desabrocha y se los baja.

Esto lo hace temblar de emoción.

Como ella lo ve tan emocionado, se sonríe y tira de sus boxers hacia abajo con una necesidad hambrienta de chupar su miembro duro.

Ella coloca suavemente sus manos sobre su ahora erecta polla, acariciándola lentamente.

Luego saca la lengua y lame la cabeza antes de colocársela en su boca.

Él gime cuando ella comienza a chupar su polla dura.

Moviéndola hacia dentro y hacia fuera de su boca cada vez más rápido.

Luego vuelve lentamente a un ritmo bajo y gira su lengua alrededor de la cabeza mientras lo acaricia con la mano.

Él gime mientras su mano acaricia la cabeza rosada de su polla.

Luego lame sus bolas hasta la punta de su polla.

Ella se lo saca de su boca y se levanta para besarlo apasionadamente mientras le quita la camisa.

Él envuelve sus cálidos brazos alrededor de ella, acercándola a él, sintiendo sus senos presionados contra su pecho.

Mientras se besan, sus manos corren por su cuerpo sintiendo su piel suave bajo las puntas de sus dedos.

Sus manos se mueven sobre su trasero y lo aprieta con fuerza.

Él la levanta por el culo envolviendo sus piernas alrededor de su cintura y se mueve hacia la cama.

Él la acuesta suavemente y se mueve encima de ella.

La besa profundamente bajando hasta su cuello y pecho.

Lentamente lame alrededor de su seno derecho cada vez más cerca de su, ahora, pezón erecto.

Él coloca su pezón en su boca y lo chupa mordiéndolo suavemente.

Moviéndose hacia el otro seno, él se agacha y comienza a frotar su clítoris, lo que hace que ella aumente su respiración y comience a gemir ligeramente.

Él frota más rápido mientras besa su estómago enfocándose en su ombligo.

Ella siente que se moja mucho y su respiración se acelera.

Él besa su lindo montículo y luego reemplaza sus dedos con su lengua.

Chupando y mordiendo suavemente su clítoris.

Esto la envía a una ola de placer, gimiendo.

Luego inserta un dedo que pasa por los labios de su coño hinchado hacia ese lugar secreto y resbaladizo.

Él desliza su dedo dentro y fuera lentamente y luego se apresura insertando otro dedo más mientras ella gime.

Él continúa concentrándose en chupar su clítoris mientras sus dedos golpean preciosamente ese lugar tan especial en su interior que sabe que la vuelve absolutamente loca.

Ella gime en voz alta y siente un hormigueo desde la pierna derecha hacia arriba y alrededor de su cuerpo y que sale hacia su pierna izquierda.

"¡Oh bebe!" ella gime, "¡Eso se siente tan bien!"

Glenn sabe que, si continúa así, ella definitivamente irá al límite, por lo que se ralentiza y besa su cuerpo de regreso para devorar su boca.

Comparten un beso apasionado.

Sus lenguas bailando juntas.

Quitando sus dedos de su coño ahora empapado, comienza a masajear su seno derecho.

Sus gemidos reprimidos por los besos.

El beso se rompe y ella le susurra al oído:

"Te necesito dentro de mí, cariño".

La mención de su polla dura deslizándose en el coño mojado de su amada lo hace gruñir de lujuria y se mueve encima de ella.

Abriendo sus piernas con sus caderas, se posiciona para entrar en ella.

Jugando con ella, inserta solo la cabeza y luego se retira lentamente.

"Por favor dámelo todo." ella le suplica, pero él prevalece y sigue el ritmo del juego metiendo solo la punta y retirándola cuando ella comienza a gemir.

Finalmente, en un punto inesperado, conduce a su miembro duro hasta el final para hacerla chillar.

Él comienza a empujar dentro y fuera de ella lentamente con golpes largos y duros.

Él comienza a acariciar más fuerte y más rápido tirando de su trasero para una penetración más profunda.

"Oh, Dios, te sientes tan bien dentro de mí. Te amo tanto cuando follas mi coño".

A esto gruñe y se retira de repente.

Él le hace un gesto para que se dé vuelta y ella lo hace rápidamente con un salto de emoción.

Él sabe que entrarla por detrás es una de sus posiciones favoritas y también a él le encanta dárselo así.

Él le inserta su polla y comienza a empujar duro y rápido.

Ella gime en voz alta, diciéndole más fuerte.

Le encanta follar a su encantadora esposa, así que comienza a ser más duro con ella.

Su cuerpo y bolas golpeando contra su culo ahora rojo.

Ella comienza a empujar de vuelta a sus empujes, haciendo que su polla se introduzca aún más adentro.

Ambos gimen de placer.

"Oh, me voy a correr, nena. ¿Estás lista para mi leche?"

"Oh, sí bebé, yo también me voy a correr".

Unos cuantos golpes más y Susan grita de placer y su cuerpo comienza a temblar cuando su orgasmo la está abrumando.

Glenn siente que las paredes de su coño comienzan a ordeñar su polla y ya no puede aguantar más.

Gruñendo su nombre, él dispara su esperma caliente profundamente dentro de su coño ahora cremoso y húmedo.

Susan, exhausta por su explosión, descansa sobre sus codos cuando siente que le arroja unos chorros más de semen dentro de ella.

Satisfecho, e intentando no caerse sobre ella, se retira lentamente de su coño y la agarra por la cintura tirando de ella hacia la cama con él.

Se miran a los ojos, ambos nublados por los poderosos orgasmos que acababan de atravesar sus cuerpos hace apenas unos segundos.

Una satisfacción de conocimiento mutuo persiste en la habitación mientras los dos se duermen en los brazos del otro.

VESTIDA PARA LA OCASIÓN

61

El silencio de la noche la rodeó, presionándola con su serenidad, intentando calmar su ansiedad.

Sin embargo, eso no podía calmarla.

Sentimientos desenfrenados a los que no estaba acostumbrada, y que nunca antes había experimentado, surgieron en su cuerpo, poniéndola nerviosa.

Sus tacones chasquearon suavemente a lo largo del camino pavimentado mientras miraba hacia el cielo.

¿Por qué va a ir allí esta noche?

¿Por qué se había vestido de esa manera?

Podía sentir el poder que su mirada tenía sobre ella.

Ella suspiró y permitió que su mente no siguiera pensando sobre los eventos que podrían pasar esta noche.

* * *

Se sentía como si cada mirada estuviera en ella mientras entraba al local.

Sus zapatos de tacón de aguja chasquearon contra el piso de madera dura mientras pasaba por la pista de baile y se acercaba al bar.

La falda de su atuendo rojo y negro se balanceaba de lado a lado con cada paso, la franja roja fluía contra su rodilla mientras que el negro descansaba unos centímetros por encima.

La blusa colgaba suelta de sus hombros, bajando por sus senos, rebotando lo suficiente como para llamar la atención con cada paso que daba y mostrando una generosa proporción de piel.

Y sin brassier.

Ella sabía cómo se veía con este atuendo.

Parecía una zorra.

Había terminado el look con una gargantilla de encaje negro alrededor del cuello y solo un toque de lápiz labial rojo.

Se sentó entre un hombre y una mujer, y le sonrió al camarero.

"Hola James"

"Samy. Qué bueno que es verte de nuevo". Él dejó que sus ojos se deslizaran sobre ella lentamente por su cara y senos. "Muy bueno, de hecho. ¿Y para quién es la ocasión?"

Ella negó con la cabeza y sonrió, haciendo que un mechón de rizo cayera sobre su oreja.

"No hay ocasión. Simplemente tenía ganas de vestirme así".

Él estiró el brazo por encima de la barra y colocó el rizo detrás de su oreja.

Sus dedos rozaron el costado de su mejilla y ella casi olvidó cómo respirar.

"Deberías vestirte así con más frecuencia".

"Quizás lo haga."

"Saldré de trabajar ahora en la noche alrededor de las once. ¿Te gustaría bailar después?"

Ella asintió lentamente, incapaz de apartar su mirada de la de él.

Con una precisión muy lenta, se inclinó sobre la barra y acercó sus labios a los de ella, profundizando el beso lo suficiente como para hacerla querer más antes de que él se alejara.

"Unos veinte minutos."

* * *

Esos veinte minutos nunca habían parecido más largos en la vida de Samy.

Ella observaba todo a su alrededor todo el tiempo consciente de cada movimiento que él hacía sin siquiera mirarle.

Era como si sus sentidos estuvieran sintonizados con su cuerpo, pero aun así ella saltó cuando él la tocó en la parte posterior del hombro.

Se había desabrochado el cuello de la camisa negra y le estaba sonriendo, tendiéndole la mano.

"Creo que me debes un baile".

Cuando ella colocó su mano en la de él, fue como si una pequeña descarga de electricidad atravesara su cuerpo.

Él sonrió cuando la llevó a un rincón de la pista de baile y luego la acercó a su cuerpo cuando la canción cambió.

Era lento y seductor, y el latido de él parecía coincidir con su corazón, mientras se apretaba contra él.

Y ya así de pronto ella fue muy consciente de los contornos duros que ondulaban contra su cuerpo blando.

Ella deslizó sus brazos alrededor de él, presionando sus suaves curvas traseras con sus manos mientras se balanceaban de un lado a otro.

Se inclinó y presionó sus labios contra los de ella, separándolos suavemente y seduciéndola con su lengua.

Su mano se deslizó más abajo sobre su espalda, descansando sobre su cadera, deslizándose lo suficientemente bajo como para acariciar una mejilla del culo mientras tiraba de su parte inferior del cuerpo contra la suya.

Ella jadeó al sentir lo fuerte que él realmente estaba presionando contra ella y podría haber jurado que lo escuchó gemir.

Pero justo cuando lo hizo, el otro camarero lo llamó y él suspiró, bajando la cabeza hacia atrás.

"Samy ... ya vuelvo. Juro que lo haré. No vayas a ningún lado".

Ella asintió algo tontamente mientras se alejaba de la pista de baile y entraba en un reservado aislado.

Vio que James regresaba al bar y se inclinaba sobre él nuevamente, hablando con Joseph.

Joseph era el barman sustituto de la noche.

Siempre se hacía cargo cuando James se retiraba.

Cuando vio a una rubia alta y de piernas largas unirse a ellos, se dio cuenta de algo.

Ella no era ese tipo de chica.

No tenía idea de lo que estaba haciendo.

James era el tipo de hombre que siempre tenía disponible a cualquier chica, cualquier chica alta, rubia y súper sexy.

Y ella era bajita, morena y latina.

Ella salió corriendo.

Tan rápido y silenciosamente como pudo.

Se dirigió hacia la puerta y cuando miró por encima del hombro vio a la rubia inclinarse cerca de James y deslizar sus dedos por su brazo.

Ella suspiró y sacudió la cabeza mientras continuaba su camino.

No sería bueno detenerse a pensar en ello.

Le empezaban a doler los pies por los tacones, así que se los quitó y se apartó del camino empedrado, dejando que sus pies la guiaran hasta la orilla del río que conocía tan bien.

Metió los pies en la orilla del río y simplemente miró el agua durante mucho tiempo.

"¿Qué estaba pensando?" Ella finalmente murmuró.

"Eso es lo que me gustaría saber".

Ella casi gritó cuando se dio la vuelta.

James estaba de pie detrás de ella, con los brazos cruzados con enojo y frunciendo el ceño.

Pero el ceño fruncido lentamente se fue reemplazando por una mirada de confusión y preocupación.

"Samy, estás llorando. ¿Qué te pasa?"

Ella apartó la vista de él y cruzó el río hacia la otra orilla con césped.

"No debería haberlo hecho. No debería haber venido al bar esta noche vestida así. No debería haber pensado que tenía una alguna oportunidad".

"Samy, ¿de qué demonios estás hablando?"

Él se acercó y dejó caer su mano sobre su hombro.

Ella estaba temblando, tenía frío.

Él se quitó apresuradamente el abrigo y se lo echó sobre los hombros, colocándose detrás de ella para frotarle los brazos.

"Te veías hermosa alá dentro. Creo que olvidé cómo tenía que respirar cuando entraste".

"He visto a las mujeres con las que usualmente estás. No soy como ellas, James. No soy elegante ni super sexy. No soy rubia, ni alta, ni de piernas largas, ni tengo un cuerpo perfecto como ellas. No tengo solución en contra de eso. Ni siquiera sabía lo que estaba haciendo ". Ella terminó en un susurro.

"¿En serio? Podrías haberme engañado allá dentro".

La giró hacia él y se inclinó hacia adelante, presionando sus labios contra su cuello.

Ella se estremeció.

"Tu cuerpo se sentía perfecto cuando me presionaste contra ti en esa pista de baile".

Levantó la mano y ahuecó su pecho, trazando el contorno de su pezón a través de su blusa.

La hizo temblar un poco.

"Seguro que éstos parecían saber qué querían hacer cuando nos estábamos besando y presionando juntos".

Se inclinó sobre ella y la obligó a tumbarse hasta que estuvo acostada en el suelo.

"Déjame mostrarte, Samy. Déjame demostrarte que eres más de lo que crees".

Sus labios se deslizaron contra los de ella antes de deslizarse por su cuello y sobre la delgada blusa que cubría sus senos.

Su aliento quedó atrapado en su garganta cuando los labios de él encontraron primero un pezón y luego el otro, chupándolos lentamente mientras ella se arqueaba en su toque.

Sus dedos encontraron hábilmente el dobladillo de su blusa y comenzaron a subirla lentamente, provocando a su piel cuando se reveló.

La levantó más allá de sus senos y la sostuvo justo por encima de ellos mientras besaba su seno derecho, saboreando su piel.

Ella gimió cuando James finalmente acercó sus labios a la cresta de su seno, tomando el pezón entre sus dientes y tirándolo suavemente antes de succionarlo.

Ella gimió aún más fuerte cuando su mano comenzó a amasar su otro seno, rodando su palma sobre su pezón repetidamente.

"¿Ves?" Él respiró contra su piel. "Eres la mujer perfecta".

Él comenzó a besarla en su camino hacia abajo, trazando círculos alrededor de su ombligo con su lengua.

James le sonrió mientras alcanzaba su falda y, en lugar de bajarla, la empujó hacia arriba.

La parte delantera se dobló hacia atrás y en el momento siguiente estaba colocando besos suaves y juguetones a lo largo de su montículo caliente por encima de las bragas.

Ella ya estaba húmeda.

Podía sentirlo a través de sus bragas mientras frotaba su nariz contra ella.

Ella tembló debajo de él y él le acarició suavemente con los dedos de arriba a abajo mientras usaba los dientes para deslizar las bragas hacia abajo.

La besó de nuevo, sin barrera ya entre sus labios y su coño.

Él comenzó a deslizar su lengua a lo largo de su hendidura y ella gimió, sus caderas arqueándose desenfrenadamente de modo que él presionó su lengua profundamente en ella, trazándola sobre su clítoris.

Samy gimió y se arqueó contra su lengua, el placer la recorrió mientras él rozaba sus dientes contra su clítoris y deslizaba un dedo dentro de ella.

"Mentí", respiró contra su clítoris. "No solo olvidé cómo respirar".

James succionó suavemente su clítoris, su dedo bombeando dentro y fuera de su tensión.

"Casi me vengo en los pantalones con solo de verte antes".

Los dedos de ella se agarraron a su cabello, y él sonrió contra su coñito mientras deslizaba un segundo dedo dentro de ella, pasando su lengua sobre su clítoris repetidamente hasta que su cuerpo temblaba bajo su boca.

Sus dedos la acariciaron, adentro y afuera, excitándola, persuadiendo a su cuerpo para que respondiera hasta que ella se balanceara contra su mano y lengua.

"James", su voz casi falló cuando se retorció en su mano. "¡Por favor no te detengas ahora!"

Salieron sus palabras en un suave tono de complicidad, pero rápidamente subió de volumen cuando ella gritó de placer.

Él estaba mordido suavemente su clítoris y ahora lo estaba chupando con fuerza, y sus dedos empujando con fuerza dentro de ella tomando su clímax.

Él ansiosamente lamió sus jugos y cuando el temblor de su cuerpo se desaceleró,

Cuando acabó, se movió por encima de ella.

Él sonrió y apoyó su frente contra la de ella, dejando que su cuerpo rozara el de ella mientras la miraba a los ojos.

"Te lo dije, eres tan mujer como ellas, si no más".

Sus ojos brillaron con algo que podría haber sido de duda mientras miraba a los ojos de James, pero luego dejó que sus dedos recorrieran su pecho y bajaran al bulto duro en sus pantalones.

"¿Es por eso por lo que lo tienes tan duro?

¿Porque soy una mujer así como ellas?"

Sus dedos rozaron arriba y abajo contra su polla, y él no pudo evitar el gemido que se deslizó más allá de sus labios.

Sin embargo, no tuvo oportunidad de responder ya que los labios de ella encontraron los suyos y cualquier pensamiento fue borrado de su mente.

Sus dedos se deslizaron hacia su pecho y hábilmente comenzó a desabotonar su camisa.

Rápidamente la sacó de sus pantalones y le empujó a un lado mientras tiraba de su camisa para quitársela completamente.

El botón de sus pantalones se abrió con un tirón y la cremallera se deslizó casi por sí sola.

Ella le bajó los pantalones y los boxers lo suficiente como para liberar su polla y envolvió su pequeña mano alrededor de ella, acariciándola lentamente para que él gimiera y se apretara ansiosamente contra su mano.

Él gimió de molestia y se puso de pie, quitándose los pantalones y los boxers en un solo movimiento y volviéndose hacia ella.

Ella ahora estaba de rodillas y le sonrió mientras una vez más envolvía su mano alrededor de él.

Él se inclinó sobre ella haciéndole unas caricias lentas, cerrando los ojos.

Al momento siguiente, sin embargo, los abrió cuando los labios de ella se envolvieron alrededor de su polla, moviéndolos lentamente hacia arriba y hacia abajo sobre su miembro duro.

Él puso ahora sus manos en la parte posterior de su cabeza y lentamente comenzó a empujarla dentro y fuera de su boca, gimiendo mientras ella lo chupaba con cada movimiento.

Los golpes suaves no tardaron mucho en volverse rápidos y cortos, Samy lo chupaba más fuerte cuanto más rápido él le movía la cabeza.

Su mano estaba acariciando sus bolas, haciéndolas rodar hacia adelante y hacia atrás mientras su boca se apretaba alrededor de él.

Cuando ella estaba jugando con su lengua en la cabeza de la polla, él explotó en su boca.

Ella tragó rápidamente cuando él le mandó su chorro, apretando la boca y la garganta contra su polla haciéndole correrse aún más fuerte y con más chorros, hasta que finalmente se agotó.

Deslizó la polla de su boca lentamente y dejó que su mirada cayera al suelo.

Cayó de rodillas delante de ella, colocando su mano contra su mejilla.

Estaban a solo paso de distancia cuando el dedo de James trazó el costado de su rostro, hundiendo su dedo debajo de su barbilla y levantó sus ojos hacia los de él.

"No hemos terminado aun".

Su voz fue tan baja que le dieron escalofríos por la espalda mientras lo miraba maravillada.

Se inclinó y presionó sus labios contra ella, profundizando rápidamente el beso.

Cuando su lengua se deslizó más allá de sus labios, una mano se deslizó detrás de ella, acercándola contra él para que fueran carne con carne.

Sus pezones presionaron contra su pecho gozosamente, y su nueva erección presionó con fuerza contra sus abdominales inferiores.

Ella se movió y frotó su cuerpo a lo largo de él lentamente, haciéndole gemir cuando su beso se volvió febril.

La recostó de nuevo y deslizó su falda por sus piernas.

Él la miró por un largo momento antes de moverse.

Él se inclinó sobre ella otra vez y le dio un ligero beso en el vientre, justo encima del ombligo.

Él sonrió contra su piel cálida y comenzó a besarse hacia arriba, a la inversa de sus acciones anteriores.

Sus labios apenas juguetearon contra sus senos antes de asentarse en su cuello y acariciar su latido.

Él palpitaba entre sus piernas, su miembro presionando contra su rajita húmeda mientras ella envolvía sus piernas alrededor de su cintura y él deslizaba sus brazos alrededor de ella.

En un rápido movimiento, James estaba sentado con ella en su regazo y, si esto fuera posible, presionando aún más su verga contra ella.

Ella se retorció un poco y él gimió.

La besó hasta llegar justo debajo de la oreja y tiró suavemente de su lóbulo.

"Dime, Samy, ¿lo quieres?"

Su aliento era caliente contra su piel y ella temblaba.

"¿Quieres mi polla grande y dura enterrada en tu interior?"

La respuesta de Samy sonó casi como un gemido mientras se frotaba contra él.

"Sí. Por favor, James, he querido esto desde ..." pero ella rápidamente se detuvo, un sonrojo aún en sus mejillas y miró hacia otro lado.

James no tenía idea de eso.

Forzó su mirada de nuevo a la suya y apoyó su erección contra ella.

"Termina lo que estabas diciendo".

Ella gimió y sus uñas se clavaron ligeramente en su piel.

"He querido esto desde que te conocí".

"Entonces dime qué tanto lo quieres".

No fue una demanda, más bien una petición mientras él deslizaba sus dedos por sus senos, amasando lentamente su carne.

Podía sentir su calor irradiando contra su polla, y estaba haciendo todo lo que podía para no simplemente arrojarla y tomarla.

Su respuesta lo sorprendió, y destrozó todo el autocontrol que había estado usando.

"No lo quiero. Lo necesito, James".

Sus ojos estaban fijos en los de él ahora, y él gimió suavemente contra su piel mientras ella se apretaba más.

"Lo necesito tanto, lo he soñado tanto tiempo. Por favor. Necesito que me folles".

No podía negarle eso más.

No pudo contenerse más después de eso.

La levantó hasta que la cabeza de su polla se presionó contra su abertura y luego rápidamente la dejó caer sobre ella.

Ambos gimieron.

Su coño estaba tan apretado alrededor de su polla que cuando él comenzó a moverla hacia arriba y hacia abajo sobre su miembro, y su longitud dura parecía aún más grande encerrada dentro de ella.

Ella gimió y usando sus piernas para apalancarse comenzó a saltar sobre su polla.

Sus pechos rebotaron libremente contra él y sus pezones lo llamaron cuando él se inclinó hacia adelante y comenzó a mamar.

Ella gimió y comenzó a saltar más rápido sobre su polla, impulsándose una y otra vez.

Sus labios estaban provocando a sus pezones, atrayéndolos y chupando, luego pasando su lengua sobre ellos y mordisqueando mientras se balanceaba con sus rebotes, gimiendo contra su piel, enviando vibraciones a través de sus mordiscos.

Su coño estaba tan mojado que la humedad le bajaba por la polla, y él gimió cuando ella intencionalmente apretó su raja a su alrededor, haciendo que él se resistiera más a ella.

Él los inclinó a ambos para que ella estuviera de espaldas nuevamente sobre la hierba y comenzó a golpear su polla con fuerza dentro y fuera de ella.

Samy gimió aún más fuerte, sus uñas rastrillando su espalda mientras otro fuerte empujón la hacía volver a su clímax.

El espasmo apretado alrededor de su polla rápidamente hizo que James se corriera también y él se estrelló aún más rápido contra ella, gruñendo cuando su semen caliente la llenó hasta que se derramó por sus muslos.

Cayó a un lado, jadeando.

Luego la atrajo hacia él, dejando besos suaves a un lado de su rostro.

"Ahora, ¿pasarán otros cinco años antes de que seas lo suficientemente valiente como para volver a hacer esto?"

Él sonrió y besó la comisura de sus labios.

"No jamás, James".

Samy sonrió y rozó sus labios contra los de él.

"Bien, porque no creo que pueda quitarte las manos de encima por más de un día o dos".

La risa de Samy resonó a través del lago, y James sonrió cuando se sentó y la besó profundamente.

Esto definitivamente podría ser el comienzo de algo muy interesante.